3. MISTER CAULARD

Text
ALAIN AYROLES

Zeichnungen
BRUNO MAÏORANA

Farben
THIERRY LEPRÉVOST

Band 1 | Lord Faureston
ISBN: 978-3-86869-152-8

Band 2 | Lady d'Angeres
ISBN: 978-3-86869-153-5

Und der Abschlussband:
Band 3 | Mister Caulard
ISBN: 978-3-86869-154-2

Alain Ayroles

Bruno Maïorana

Weitere Veröffentlichungen:

Ayroles
Garulfo | Splitter
Mit Mantel und Degen | Carlsen
Sept Missionnaires | Delcourt

Maïorana
Garulfo | Splitter

SPLITTER Verlag
1. Auflage 12/2014
© Splitter Verlag GmbH & Co. KG · Bielefeld 2014
Aus dem Französischen von Tanja Krämling
D, TOME 3: MONSIEUR CAULARD
Copyright © 2014 Éditions Delcourt / Ayroles / Maïorana
Bearbeitung: Delia Wüllner-Schulz
Lettering: Sven Jachmann
Covergestaltung: Dirk Schulz
Herstellung: Horst Gotta
Druck und buchbinderische Verarbeitung:
Himmer AG, Augsburg
Alle deutschen Rechte vorbehalten
Printed in Germany
ISBN: 978-3-86869-154-2

Weitere Infos und den Newsletter zu unserem Verlagsprogramm unter:
www.splitter-verlag.de

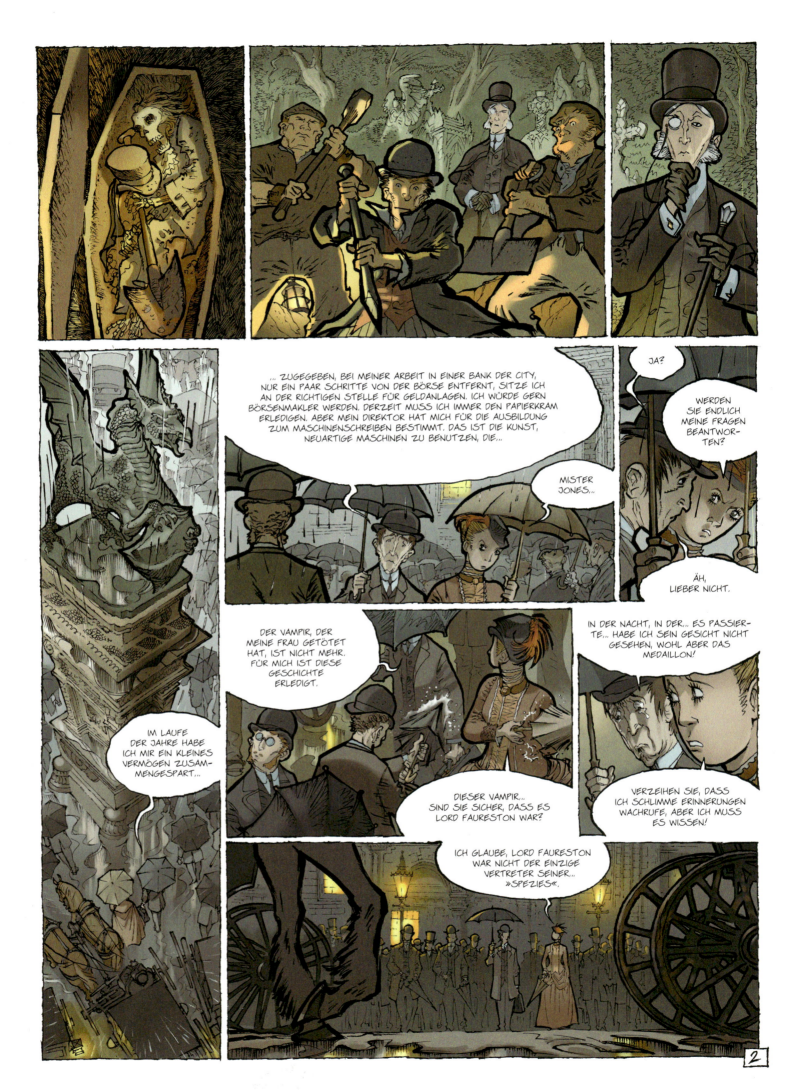

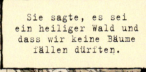

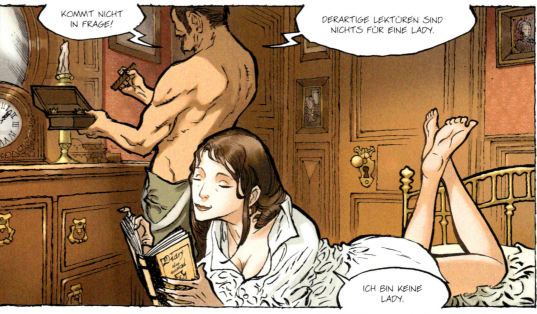

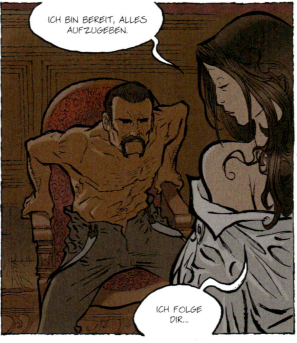

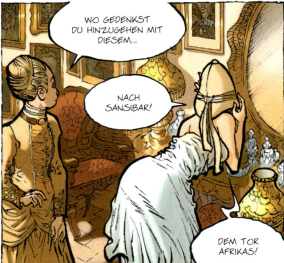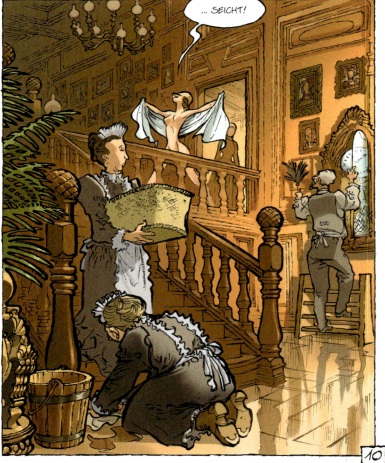

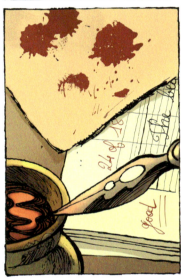

    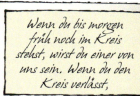     

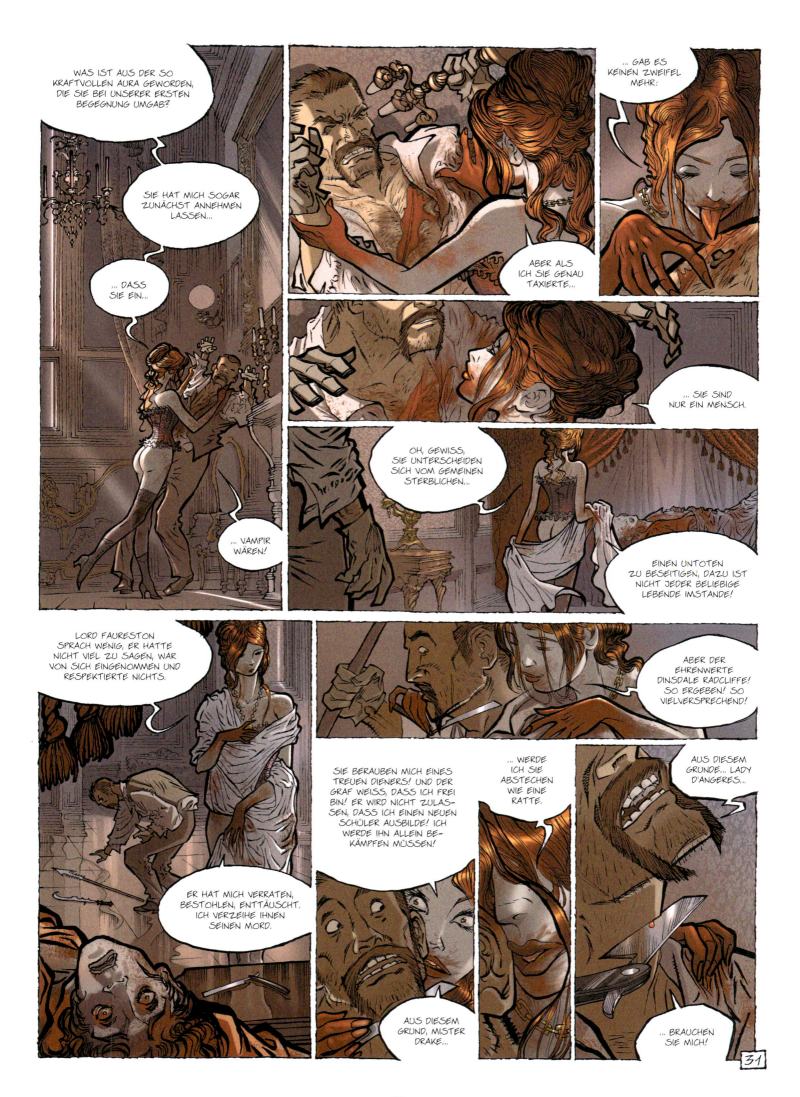

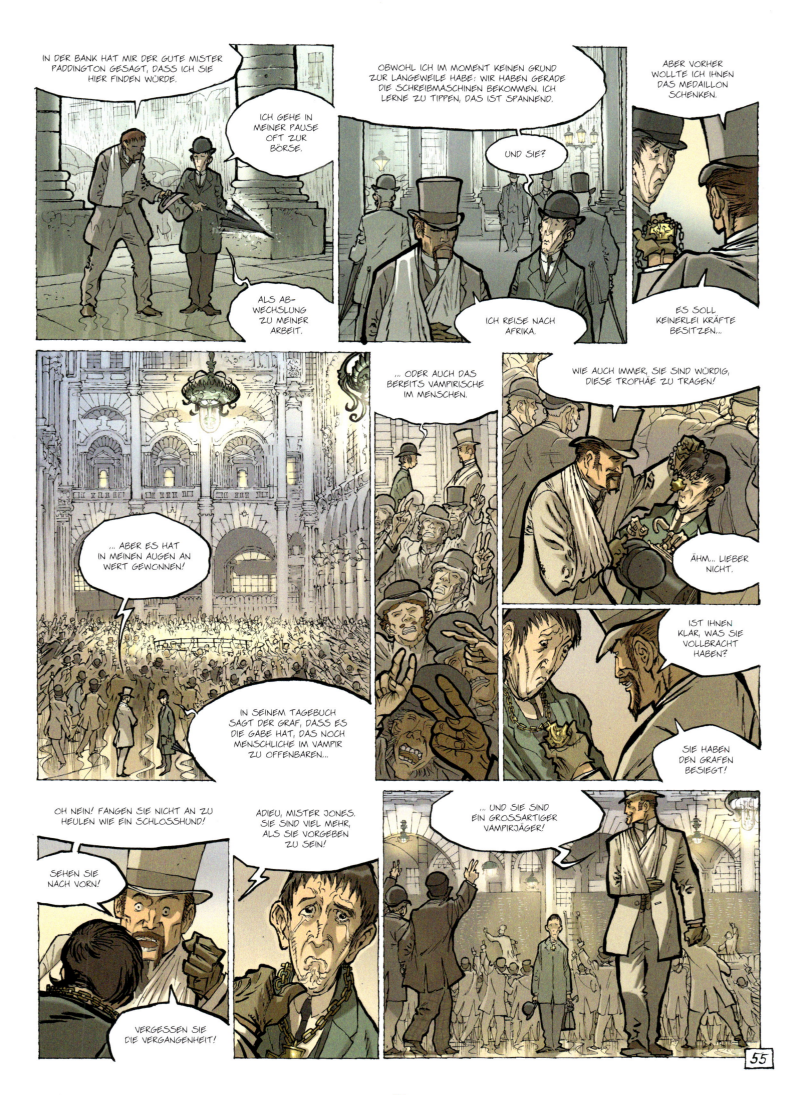

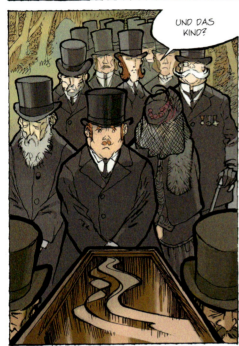

Es war nicht aus Bosheit.

Aber unsere Feinde waren wirklich zahlreich. Ich musste sie beeindrucken.

Es funktionierte.

Ich weiß nicht, ob meine Tat wirklich eine Belohnung verdiente.

Das Medaillon, das ich erhielt, besaß zumindest die Gabe, das noch Menschliche in einem Vampir zu offenbaren,

oder vielmehr das bereits Vampirische in einem Menschen.

Ich sehe es noch an meinem Hals an dem Tag, an dem ich mich nicht beherrschen konnte.

Der Tag, an dem ich meine Frau tötete.

Bevor ich verschwand, schenkte ich es zusammen mit meinem Lehen und meinem Titel jenem, der fast ein Jahrhundert lang all die Drecksarbeit erledigt hat:

meinem treuen Kutscher.

Jetzt weiß ich, dass nicht das Objekt mich zum Vampir gemacht hat.

Es ist ein Satz.

Ich hatte zwölftausenddreihundertdreizehn Soldaten und Offiziere pfählen lassen.

Sie hatten Zivilisten mitgenommen und so hatten wir auch viele Frauen und Kinder gefangen.

Jemand fragte mich, ob sie verschont werden sollten.

Und ich sagte:

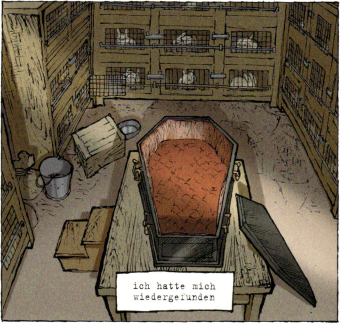

Diary of an Undead

Zweiter Teil. Kapitel eins.

Wie ich ein Vampir wurde.

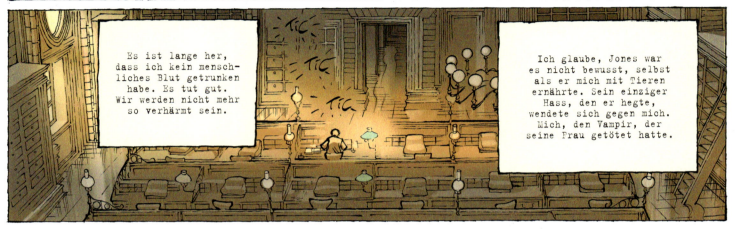

Es ist lange her, dass ich kein menschliches Blut getrunken habe. Es tut gut. Wir werden nicht mehr so verhärmt sein.

Ich glaube, Jones war es nicht bewusst, selbst als er mich mit Tieren ernährte. Sein einziger Hass, den er hegte, wendete sich gegen mich. Mich, den Vampir, der seine Frau getötet hatte.

Aber Mr. Drake hat recht: Man muss nach vorne schauen!

Jetzt, wo wir ich sind, werde ich wieder ein Herr werden!

Ich verstand es, Krieg zu führen. Jones verstand es, das Geld zu vermehren.

Es fehlte ihm nur meine Gier.

Wir werden die Macht haben. Eine absolute Macht.

Es wird lange brauchen. Ein Jahrhundert, vielleicht mehr.

Aber das ist nicht schlimm.

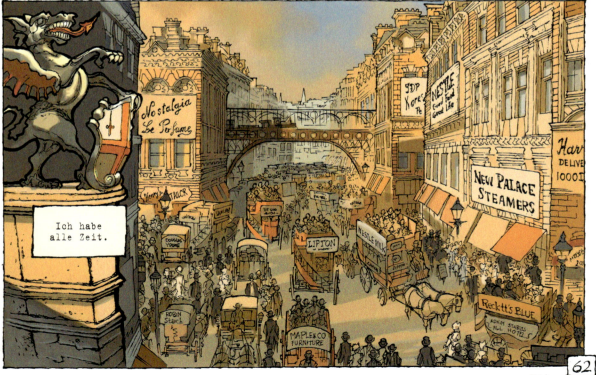

Ich habe alle Zeit.

Ende